Lesepiraten

Auf Schatzsuche im Abenteuerland

Loewe

Bibliografische Information Der Deutschen Bibliothek
Die Deutsche Bibliothek verzeichnet diese Publikation
in der Deutschen Nationalbibliografie;
detaillierte bibliografische Daten sind im Internet
über *http://dnb.ddb.de* abrufbar.

Der Umwelt zuliebe ist dieses Buch
auf chlorfrei gebleichtem Papier gedruckt.

ISBN 3-7855-5158-4 – 1. Auflage 2004

Die enthaltenen Geschichten sind entnommen aus:
Lesepiraten-Abenteuergeschichten
Lesepiraten-Lagerfeuergeschichten
Lesepiraten-Seeräubergeschichten
Umschlagillustration: Heribert Schulmeyer
Umschlaggestaltung: Andreas Henze
Unter Verwendung einer Umschlaggestaltung
von Silvio Neuendorf
Reihenlogo: Angelika Stubner
Herstellung: Sandra Lautner

www.loewe-verlag.de

Inhalt

Eckhard Mieder

Die vergessene Schatzkiste

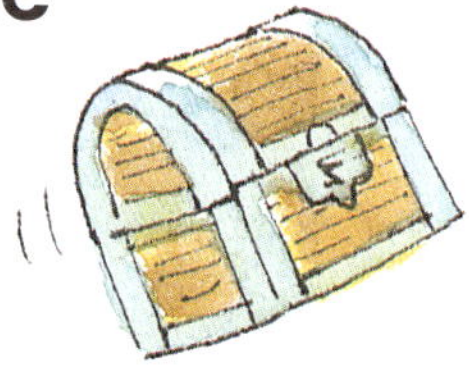

„Wo ist meine Schatzkiste?“,
ruft der Pirat Bastian
und rennt
quer über die Insel.
Er guckt unter Steine,
steigt auf Bäume
und taucht seinen Kopf
sogar in einen Bach.

„Du musst doch wissen“, sagen die anderen Piraten, „wo du deine Schatzkiste versteckt hast!“

Sie schütteln ihre Köpfe.
Ein Pirat kann
seinen Namen vergessen
oder die Abfahrt eines Schiffes
oder den eigenen Geburtstag.
Aber niemals
das Versteck seiner Beute.

Denn die Schatzkiste
eines Piraten
ist seine Sparkasse.
„Ganz ruhig!“,
sagt Bastian.
Er setzt sich
auf ein ausgestopftes Krokodil.

„Gestern“,
überlegt Bastian,
„habe ich auf der Fahrt
drei Schallplatten,
vier goldene Löffel
und fünf Knallfrösche erbeutet.
Ich bin von Bord gegangen ...“

In Gedanken
läuft Bastian noch mal
die Wege von gestern ab:
Er war vom Strand losgelaufen.
Dann kam er ins Dorf,
sah kurz in sein Haus
und rannte noch mal in den Wald ...

„Beim heiligen Klabautermann!“,
ruft Bastian plötzlich.
Er schlägt sich
mit der rechten Hand
so heftig gegen die Stirn,
dass er
vom Kopf des Krokodils kippt.

„Hier ist sie doch!"
Genau da steckt sie:
im Kopf des Krokodils!

„Manchmal", ruft Bastian
voller Freude,
„ist mein Hintern
schlauer als mein Kopf!

Illustriert von Leopé

Ulli Schubert

Der Filmstar

Marcel macht Ferien
an der Nordsee.
Seine Eltern sind heute Morgen
mit einem Fischerboot
aufs Meer hinausgefahren.
Ohne Marcel.
Er wollte lieber ausschlafen.

Es ist herrlich,
mal einen Tag machen zu können,
was man will.
Mit einem Eis in der Hand
schlendert Marcel ziellos
durch die engen Gassen.
Plötzlich hört er
ein klirrendes Geräusch.

Marcel sieht einen Mann,
der durch ein Fenster segelt
und auf der staubigen Straße
liegen bleibt!
Erschrocken lässt Marcel
sein Eis fallen.
Der Mann blutet und flucht
und wälzt sich am Boden!

Vorsichtig nähert sich Marcel.
Doch bevor er
den Mann erreicht,
zischt der ihm leise zu:
„Hau ab, ich sterbe gerade!“
Marcel stößt einen Schrei aus
und rennt voller Panik
auf die andere Straßenseite.
Was soll er nur tun?

Natürlich, einen Arzt rufen!
Doch er kommt nicht dazu.
„Und Schnitt! Wunderbar,
die Szene haben wir im Kasten.
Ab damit zum Kopieren“,
ruft eine Stimme.

Erstaunt sieht Marcel sich um.
Eine Menge Menschen
rennt plötzlich aufgeregt
in der schmalen Gasse herum,
und der „Tote“ erhebt sich.

„Toll reagiert!“,
ruft er Marcel zu,
bevor eine Frau kommt
und das „Blut“ abschminkt.
Endlich begreift Marcel:
Die drehen einen Film!
„Und ich habe mitgespielt“,
denkt er und ist total stolz.

Illustriert von Iris Hardt

Christina Koenig

Rauchzeichen

Schneller Fuß und sein Vater,
Starker Bär, reiten
zum Stamm der Kiowa.
Dort leben ihre Freunde
Grauer Wolf und Tanzende Feder.

Plötzlich scheut das Pferd des Vaters
und bäumt sich auf.
Im trockenen Gras
schlängelt sich eine grüne Schlange.
Starker Bär stürzt unsanft
auf den Boden.
„Alles in Ordnung?!“,
ruft Schneller Fuß
und eilt seinem Vater zu Hilfe.

„Mein Bein tut so weh“,
antwortet Starker Bär
und versucht aufzustehen.
Aber es geht nicht.

„Was soll ich nur tun?“,
denkt Schneller Fuß verzweifelt.
Da kommt ihm eine Idee!
„Ich werde Rauchzeichen geben,
Vater. Dann wird sicherlich
bald Hilfe da sein.“

Schneller Fuß zündet
ein Lagerfeuer an
und deckt es mit feuchtem Gras ab,
bis dichter Qualm entsteht.
Mit seiner Satteldecke schickt
er dann Rauchzeichen in die Luft.

Dreimal Rauch – Pause –
und wieder dreimal Rauch.
Das bedeutet: Wir sind in Not!
Als die Sonne schon
hoch am Himmel steht,
kommt Hilfe herbeigaloppiert.

Zwei Männer von ihrem Stamm
legen Starker Bär vorsichtig
auf eine Schlepptrage.
Dann ziehen sie ihn nach Hause.

Als Starker Bär wieder gesund ist,
besuchen sie ihre Freunde
bei den Kiowa.
Diesmal klappt alles prima.
Und das ganze Dorf feiert
ein großes Fest.

Illustriert von Heribert Schulmeyer

Ulli Schubert

Der Held

„Heute haue ich ab!“,
nimmt Roman sich vor.
Denn abhauen ist spannend!
Tom, der Held
aus seinem Lieblingsbuch,
ist auch eines Tages
einfach weggelaufen.

Roman packt ein paar Sachen
in eine Tasche
und verlässt das Haus.
Ohne sich umzudrehen,
läuft er hinunter zum Fluss.
Das Floß liegt unberührt
dort unter den Zweigen,
wo er es versteckt hat.

Zwei Wochen hatte er geschuftet,
bis es endlich fertig war.
In seinem Lieblingsbuch
hat Roman gelesen,
wie man ein Floß baut.

Er hat es
einfach genauso
gemacht.
Das Floß ist toll geworden!
Roman lächelt zufrieden.

Er packt sein Floß
und zieht es ins Wasser.
„Es schwimmt!“,
jubelt Roman
und stößt sich kräftig vom Ufer ab.
Die Strömung packt das Floß
und reißt es mit sich.

Schnell geht es voran,
immer schneller.
„Viel zu schnell!“,
denkt Roman ängstlich
und krallt sich fest.

Das Floß wird heftig
hin und her geworfen,
es hebt ab und knallt hart
wieder auf das Wasser.
Roman schreit auf!
Und dann ist die Reise
plötzlich zu Ende.
Ein dumpfer Schlag,
und das Floß hängt fest.

Erleichtert atmet Roman auf.
„Hoffentlich muss ich nie
wirklich abhauen“,
denkt er,
hängt sich seine Tasche um
und läuft schnell nach Hause.

Illustriert von Iris Hardt

Eckhard Mieder

Neu an Bord

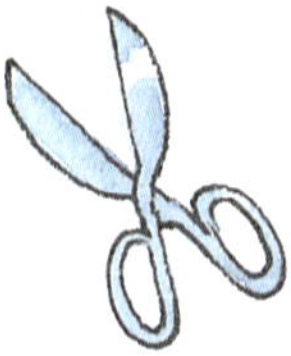

Alfons ist neu an Bord.
„Wo kommst du her?“,
fragen die Kameraden.
„Aus der Stadt.“
„Was warst du da?“,
fragen die Piraten.

„Schneider!“,
sagt Alfons.
„Hohoho!“,
lachen die Seeräuber an Bord.

„Dann wirst du wohl“,
spotten sie,
„mit der Nadel fechten
und mit Knöpfen schießen!“
Alfons denkt sich:
„Ihr werdet schon sehen,
wofür ihr mich braucht.“

Dann beginnt
eine Piratenschlacht.
Kanonen krachen.
Planken fliegen
durch die Luft.
Alfons verdrückt sich
unter Deck zum Koch.

„Warum kämpfen die?“,
fragt Alfons den Koch.
„Wir sind Piraten!“,
sagt der Koch.
Legt seinen längsten Löffel
wie ein Gewehr an: „Peng!“
Alfons erschrickt.
Dann ist der Kampf vorbei.

Die Piraten haben Hunger.
„Koch!“, rufen sie.
„Bring uns was zu essen!“
Alfons klettert vorsichtig an Deck.
Welch ein Jammer!
Das Schiff hat überall Löcher,
und die Segel sind zerfetzt.

Alfons hat eine Idee.
Während die Piraten essen,
lässt er seine Nadel flitzen.
Als die Piraten satt
und zufrieden sind,
staunen sie:
Die Segel des Schiffs
sind geflickt.

Und die Löcher in den Planken
sind gestopft.
Die Seeräuber rufen:
„Hoch lebe der Schneider!“
Und sie trinken
ein Fass Tunfischlimonade
auf Alfons’ Wohl.

Illustriert von Leopé

Ulli Schubert

Voll im Einsatz

Simon hat
einen Unfall beobachtet.
Er ist ein wichtiger Zeuge
und muss eine Aussage machen.
Danach wird er
im Polizeiwagen
nach Hause gefahren.

Simons Wangen glühen
vor Stolz.
„Ich gehe später
auch zur Polizei“,
sagt er.
Simon klettert auf die Rückbank
und schnallt sich an.
Unterwegs erklärt der Polizist
alle Geräte im Auto ganz genau.

Plötzlich meldet sich
die Einsatzzentrale:
„Banküberfall!
Alle verfügbaren Einheiten
sofort zum Marktplatz.“
Der Polizist überlegt kurz.
Doch er kann Simon
nirgendwo aussteigen lassen.

„Festhalten!“,
ruft er deshalb nach hinten,
stellt das Blaulicht an
und drückt aufs Gaspedal.
In einem Affentempo
rast er durch die Straßen.

Ein Mercedes fährt
genau vor dem Polizeiwagen
über die Kreuzung.
„Pass doch auf!“,
brüllt der Polizist.

Er reißt das Lenkrad rum
und kann gerade noch
einen Unfall vermeiden.
Simon wird kräftig
durchgeschüttelt.
Und in seinen Ohren
dröhnt das Martinshorn.
Es ist irre laut.

Als sie am Tatort ankommen,
ist Simon leichenblass.
Der Polizist dreht sich
zu ihm um und grinst.
„Na, willst du immer noch
zur Polizei?“
Simon schüttelt den Kopf.
„Da könnte ich ja gleich
Rennfahrer werden!“

Illustriert von Iris Hardt

Eckhard Mieder

Klara kämmt Piraten

Klara arbeitet
im Friseursalon *Zur Flut*.
Sie kämmt und rasiert
die Piraten.
An vielen Tagen
hat sie nichts zu tun.

„Diese dreckigen Piraten!“,
schimpft Klara herum.
„Sie haben vergessen,
was sie einst lernten.
Jeder Pirat muss
auf sein Äußeres achten.“
Klara wartet in ihrem Salon.
Sie schaut in die Spiegel.
Sie wischt die Becken aus.

Sie knipst einen Föhn an und aus.
Kein Pirat kommt.
„Dann gehe ich eben zu ihnen!“,
sagt Klara zu sich selbst.
Sie packt eine Tasche voll
mit Salben und Kämmen,
mit Bürsten und Schwämmen.

Klara geht von Pirat zu Pirat
und lässt sich nicht abwimmeln.
Einen Seeräuber rasiert sie.
Einem schneidet sie das Haar.
Dem anderen die Fingernägel.
Einem sogar die Haare in der Nase.

Und in den Ohren.
„Fertig!“,
sagt Klara
und schaut sich um.
Auf der Seeräuberinsel
laufen nur noch
saubere Piraten herum.

„Juchhu!“, ruft Klara.
Sie tanzt durch den Salon
und singt immerzu:
„Saubre Nägel, pralle Segel,
kurzes Haar, die Anker klar!“
Klara macht einen Tee
für sich und ihre Freundin Mara
und ist sehr zufrieden.

„Ab heute“,
sagt Klara zu Mara,
„nimmt jeder Pirat
einen Kamm mit aufs Meer.
Und eine Flasche Shampoo.
Wasser brauchen sie nicht.
Davon gibt es genug im Meer!“

Illustriert von Leopé

Christina Koenig

Indianer-Pommes

Meret ist sauer.
Ihre Eltern fahren
auf eine Computermesse.
Zwei Tage bleiben sie weg.

„Messen sind nichts für Kinder“,
erklärt Merets Vater.
„Da läuft man stundenlang herum,
bis einem die Füße dampfen.“

Abends ruft Merets Onkel an.
Bei ihm soll Meret übernachten,
solange ihre Eltern weg sind.
„Wir machen ganz was Tolles,
wenn du kommst“,
verspricht Onkel Bernd.

„Was denn?“,
fragt Meret neugierig.
„Indianer-Pommes“,
sagt Onkel Bernd geheimnisvoll.

Drei Tage später ist es so weit.
Meret ist bei ihrem Onkel.
„Und was ist
mit den Indianer-Pommes?“,
fragt Meret ungeduldig.
„Die kann man erst machen,
wenn es richtig dunkel ist“,
antwortet Onkel Bernd.

Als es endlich Abend wird,
facht Merets Onkel ein Lagerfeuer an.
Draußen auf dem Hof.
„Jetzt gibt's Pommes!",
ruft Onkel Bernd.
Als das Feuer abgebrannt ist,
legt Onkel Bernd Kartoffeln
in die leuchtend rote Glut.

Dann beobachtet er zufrieden,
wie die Knollen
immer schwärzer werden.
Meret schüttelt den Kopf.
Ob Onkel Bernd etwa spinnt?

„Jetzt sind sie gut“,
sagt Onkel Bernd endlich.
Er fischt die Kartoffelkohlen
aus der Glut heraus
und kratzt die verbrannte Pelle ab.

„Innen sind die Kartoffeln schön gelb, siehst du, Meret?“
Aber Meret will trotzdem keine essen.
Obwohl ihr Magen knurrt
wie ein Löwe.
Onkel Bernd zuckt mit den Schultern.
„Dann ess ich die Indianer-Pommes
eben alleine.“

„Na gut“,
sagt Meret schließlich gnädig.
„Probieren kann ich ja mal.“
Meret beißt in die warme Kartoffel.
„Mmh, schmeckt echt lecker“,
sagt sie und nimmt sich
gleich noch eine.

„Indianer-Pommes
sind wirklich klasse“,
schwärmt sie zu Hause
ihren Eltern vor.
„In Pommesbuden gibt’s
die aber nicht.
Nur bei Onkel Bernd.
Nachts, wenn es richtig dunkel ist.“

Illustriert von Heribert Schulmeyer

Eckhard Mieder

Das Augenklappenfest

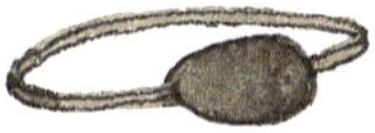

Nach dem Winter
feiern die Piraten
das große Augenklappenfest.
Alle Piraten versammeln sich
auf dem größten Platz der Insel.
Es gibt Erdbeerlimonade
und Hai-Pizza.
Die Gruppe *Die Pinguine*
spielt ihre neuesten Lieder.

Viele Wettkämpfe finden statt.
Zum Beispiel Hochspringen im Sack
oder Tauziehen mit Aalen
und Weitwerfen von Heringen.

Dabei kann jeder Pirat
eine Menge Preise gewinnen.

Zum Beispiel funkelnde Seesterne
oder geschnitzte Bootsplanken
und Piratenpuppen aus Segeltuch.
Der Höhepunkt des Festes
ist die Verleihung
der Goldenen Augenklappe.
Sie wird dem Piraten verliehen,
der sich im letzten Jahr
besonders piratig verhalten hat.

Einmal kriegte sie
der Gescheite Bernd.
Er war auf die Idee gekommen,
die Schiffe mit blauer Farbe anzupinseln.
So passten sie sich
der Farbe des Meeres an
und konnten erst spät entdeckt werden.

Ein anderes Mal erhielt sie
der Starke Fred.
In einem sehr heißen Sommer
war das Meer ausgetrocknet.
Fred trug die Schiffe
zu einem anderen Meer.
Es gibt ja genug Meere.

Die Goldene Augenklappe
bekommt diesmal
der Dicke Willi.

Er hat sich
in der letzten Seeschlacht
in ein Loch gestopft
und damit verhindert,
dass das Schiff unterging.
„Hoch lebe der Dicke Willi!“

Illustriert von Leopé

Ulli Schubert

Das Turbo-Kickboard

Ricky darf sich
ein neues Kickboard aussuchen.
Bald hat sie alle ausprobiert.
Doch an jedem einzelnen
hat sie etwas auszusetzen.
Der Verkäufer ist bereits
total genervt.

„Jetzt habe ich
nur noch dieses hier“,
sagt er schließlich und holt
ein uraltes Kickboard
aus dem hintersten Regal.

Ricky verzieht das Gesicht.
„Das ist ja potthässlich!“
„Aber es fährt prima“,
meint der Verkäufer.
„Versuch’s doch mal.“

Ricky weiß nicht so recht.
Nur widerwillig steigt sie
auf das alte Kickboard.
Doch kaum berührt sie es,
da rast es auch schon los.
Ganz von allein.
Und so schnell
wie ein Formel-1-Rennwagen!

Im Höllentempo geht es
durch den ganzen Laden.
An den Plüschtieren vorbei,
entlang an den Videospielen,
Baukästen und Brettspielen –
– und genau auf eine Pyramide
aus hundert Bällen zu.

„Hilfe!“,
schreit Ricky auf.
Das Kickboard rast haarscharf
an den Bällen vorbei,
streift noch fast
ein Indianerzelt
und bremst genau
vor dem Verkäufer.

Ricky steigt zitternd ab.
Ihre Beine sind aus Pudding.
Doch sie strahlt.
„Das will ich haben!“,
ruft sie begeistert.

„Aber ich will nicht.
Du quengelst mir zu viel!“,
sagt das Kickboard
und lässt die verblüffte Ricky
einfach stehen.

Illustriert von Iris Hardt

Ulli Schubert

Zugfahrt mit Hindernissen

Ein schriller Pfiff ertönt,
die Türen knallen ins Schloss,
und dann ruckt der Zug an.

Sandra winkt,
bis sie ihre Mutter
nicht mehr sehen kann.

„Ich fahr zu meiner Oma.
Ganz allein!“,
erzählt sie stolz
den anderen im Abteil.
Doch die lesen, hören Musik
oder stellen sich schlafend.
Sandra schaut aus dem Fenster.
Sie freut sich riesig auf ihre Oma.

Draußen fliegt
die Landschaft vorbei.
Wiesen und Felder, Dörfer
und menschenleere Bahnhöfe.
Doch plötzlich
wird der Zug langsamer.
Mitten auf der Strecke
hält er an.

Eine Kuh glotzt in das Abteil.
„Sehr verehrte Fahrgäste,
wir haben einen Lokschaden“,
meldet sich der Zugführer
über Lautsprecher.

„Die Weiterfahrt wird sich
um unbestimmte Zeit verzögern.
Bitte haben Sie etwas Geduld.“
Die Fahrgäste stöhnen auf.
Nur Sandra nicht.

Sie geht zum Schaffner.

„Kann ich helfen?“

„Du?“,

wundert sich der Schaffner.

„Ich habe auch eine Eisenbahn.

Eine ganz große, im Keller“,

erklärt Sandra.

Der Schaffner lacht.

„Helfen kannst du wohl nicht.

Aber ich habe eine andere Idee.“

Er bringt Sandra nach vorn,
zum Lokführer.
Sie schaut ihm zu,
wie er die Lok repariert.
Und als sie wieder fährt,
darf Sandra dort bleiben.

Als der Zug endlich ankommt,
kann sie schon von weitem
ihre Oma sehen.
Und die staunt nicht schlecht
über Sandra, die Lokführerin!

Illustriert von Iris Hardt

Christina Koenig

Wölfe!

„Puh, ist das anstrengend“,
stöhnt Marie.
„Es dauert nicht mehr lange“,
sagt ihr Vater aufmunternd.
Zwei endlose Stunden
sind sie nun schon unterwegs.
Mutter, Vater, Marie
und ihr Bruder Till.
Lautlos gleitet ihr Kanu
über einen grün schimmernden See.

Marie muss mal,
und Hunger hat sie auch.
„Machen wir jetzt Pause?“,
fragt sie bereits zum dritten Mal.
„Noch ein bisschen Geduld“,
antwortet ihr Vater.
„Bald sind wir da.“

Endlich ist es so weit.
Die Eltern ziehen das Boot an Land,
und Marie verschwindet
erst mal hinter einem Busch.
Dann gibt es Nudelsalat,
Kuchen und Saft.
„Kann ich noch mehr haben?“,
fragt Marie kauend.

Als es Abend wird,
bauen die Eltern das Zelt auf.
„Was, wenn es hier Bären gibt,
und hungrige Wölfe?“,
flüstert Till Marie zu.
Marie bekommt eine Gänsehaut.
Wölfe sind ihr unheimlich.
Denen geht man
besser aus dem Weg.

Die Frage ist nur: Wie?
„Wir müssen unbedingt
ein Feuer machen“,
überlegt Marie laut.
„Wölfe haben bestimmt Angst
vor Feuer.“

Die Geschwister sammeln
Zweige und Äste vom Boden
und legen sie neben dem Zelt
auf einen Haufen.

„Was macht ihr denn da?“,
fragt der Vater neugierig.
„Wir müssen uns
vor Wölfen schützen“,
antwortet Marie
mit ernster Miene.

„Machst du uns ein Lagerfeuer,
Papa?“
„Dann trauen sich
die Wölfe nicht her.“
Der Vater grinst.

„Hier gibt's doch keine Wölfe,
mein Schatz.
Aber das mit dem Lagerfeuer
ist trotzdem eine gute Idee."
Die Eltern suchen
einen geeigneten Platz
für die Feuerstelle.
Und eine halbe Stunde später
lodert ein gemütliches Lagerfeuer.

Plötzlich ertönt ein
schauerliches „Ououuuu“.
Marie zuckt zusammen.
„Hier gibt es ja doch Wölfe!“,
ruft sie erschrocken.
Aber dieser Wolf
ist nicht gefährlich.
Er hört auf den Namen Till
und schaut spitzbübisch
hinter dem Zelt hervor.

Illustriert von Heribert Schulmeyer

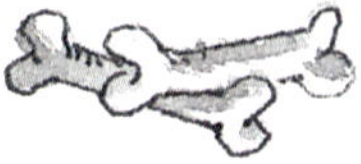

Eckhard Mieder

Stanislaus hat Sehnsucht

Dem kleinen Stanislaus
fallen seit Tagen
die Haare aus.
„Bist du krank?“,
fragt seine Mutter.
Stanislaus schüttelt den Kopf.

Er spricht nicht mehr.
Er isst nicht mehr.
Er kann nicht mal mehr lachen.

Wenn das so weitergeht,
hat Stanislaus morgen
nur noch eine Locke
auf der Glatze.
Die Mutter fragt die Oma:
„Was ist bloß mit Stani los?“
Die Oma vom Stanislaus
wiegt ihren Kopf.

„Hat er Läuse?“, fragt sie.
Die Mutter vom Stanislaus
ist empört.
„Wir sind doch
keine schmutzige Familie!“

Die Oma erwidert:
„Ich kenne Piraten,
die haben sich
zehn Jahre lang
nicht gewaschen!“

Stanislaus' Mutter ruft:
„Pfui Spinne!"
Die Oma denkt nach.

Sie zieht dabei an ihrer Nase,
bis die so lang ist
wie vier Piratenoma-Nasen.
„Ich hab's!", ruft sie.
Sie springt auf
und bleibt mit der Nase
an einem Henkeltopf hängen.

Mit dem tanzt sie
durch die Küche und schreit:
„Unser Stani hat Sehnsucht!"
„Wonach denn?",
fragt die Mutter.
„Nach seinem Piratenvater!
Ist doch klar!", trällert die Oma.

„Der ist doch schon seit Wochen
auf den sieben Meeren unterwegs!“
Die Oma hat Recht.
Als der Vater heimkehrt,
fängt das Haar vom Stanislaus
wieder zu wachsen an.
Bald hat er einen Zopf,
mit dem er angeln kann.

Illustriert von Leopé

Christina Koenig

Trick 17

Paul macht Ferien
in einem Zeltlager.
Alle Mädchen und Jungen
sind in Gruppen aufgeteilt.
Paul gehört zur Adler-Gruppe.

Jeden Abend
muss eine andere Gruppe
das Lagerfeuer bewachen.
Heute ist die Adler-Gruppe dran.
Genauer gesagt, Paul.
Oben am Fahnenmast
weht bereits der Adler-Wimpel.
„Und pass ja
auf unseren Wimpel auf!“,
warnen Karim und Janne.

Sie sind mit Paul
in einer Gruppe.
„Wenn der geklaut wird,
stehen wir ganz schön blöd da!“

„Klaro“,
antwortet Paul.
„Ich passe auf
wie ein Luchs!
Und wenn mir das Feuer ausgeht?“,
fragt Paul.
Ein bisschen aufgeregt ist er schon.

„Wenn du genug Holz hast,
wird es schon nicht ausgehen“,
beruhigt ihn Janne.
Paul sammelt trockenes Holz
und stapelt es an der Feuerstelle.
Seine alte Trompete
legt er auch dazu.
Mit der kann er Alarm tröten,
falls jemand den Wimpel
klauen sollte.

Als es dunkel ist,
wird es im Lager totenstill.
Paul ist der Einzige,
der noch wach ist.
Im Wald schreit ein Käuzchen,
und gruselige Schatten zucken
um das Lagerfeuer herum.
Richtig gespenstig ist das.
Aber Paul fürchtet sich nicht.

Wenn er nur nicht so
schrecklich müde wäre!
Auf einmal fängt es an,
in Strömen zu regnen.

„So was Blödes!“,
denkt Paul.
Das Feuer qualmt
und brennt in seinen Augen.
Schließlich ist es ganz aus.
Pech aber auch!

„Wenn das Feuer aus ist,
kann ich ja schlafen gehen“,
beschließt Paul.
Er spuckt in die Hände,
klettert den Fahnenmast hoch
und nimmt den Adler-Wimpel ab.
Dann huscht er in sein Zelt.

Am nächsten Morgen
ist das Geschrei groß:
„Der Adler-Wimpel ist weg!
Paul hat nicht aufgepasst!“
Paul sagt kein Wort.

Als alle beim Frühstück sitzen,
befördert er den Wimpel
heimlich an die alte Stelle zurück.

Die anderen staunen,
als der Adler-Wimpel
plötzlich wieder am Mast weht.
Ein echtes Wimpelwunder ist das.
Die abenteuerlichsten Geschichten
machen nun die Runde.
Dass Paul jedoch
ziemlich gut klettern kann,
darauf kommt keiner.

Illustriert von Heribert Schulmeyer

Ulli Schubert

Theo hebt ab

Theo entdeckt an einem Baum einen Zettel, auf dem steht: „Superheld gesucht! Bitte melden."

Das macht ihn neugierig. Also nimmt Theo den Zettel und geht zu der Adresse.

„Super-Heinz“
steht auf dem Türschild.
Theo klingelt.
Ein kleines Männchen öffnet.
Es trägt einen
grünen Strampelanzug,
einen gelben Umhang
und bittet Theo hinein.

„Ich suche
eine Urlaubsvertretung“,
erklärt Super-Heinz.
„Hast du Berufserfahrung?“
Theo denkt nach.
„Als Superheld? Nicht direkt“,
gibt er dann zu.
„Ich weiß nur,
dass es viel zu tun gibt.
Die Erde retten und so.“

„Ganz genau“,
stöhnt Super-Heinz
und zählt auf:
„Verbrecher jagen,
Prinzessinnen befreien,
Zugunglücke verhindern,
Erdbebenopfer retten ...“
Er sieht Theo skeptisch an.
„Bist du schon mal geflogen?“

„Nur am Computer“,
sagt Theo.
„Aber da bin ich richtig gut!“
„Pah, Computerspiele ...“,
winkt Super-Heinz ab.
„Richtig fliegen ist besser.
Los, steig auf!“
„Echt? He, super!“,
ruft Theo begeistert
und klettert auf den Rücken
des kleinen Superhelden.

Der hebt ab und fliegt
auf das Fenster zu.
Doch er passt nicht auf.
Er wirft einen Kaktus um
und reißt auch noch
die Gardine mit.
Wie blind rast er durch die Lüfte.
Ein Düsenflugzeug
kann gerade noch ausweichen.

Theo wird angst und bange.
Seine Finger krallen sich
in dem gelben Umhang fest.
„Und, willst du den Job?“,
fragt ihn Super-Heinz,
nachdem sie gelandet sind.

Theo zittert so sehr,
dass er kaum sprechen kann.
„Nein. Superheld sein
ist wohl nichts für mich“,
ächzt er
und taumelt mit wackeligen Knien
nach Hause.

Illustriert von Iris Hardt

Christina Koenig

Dumme Diebe

Philipp und seine Eltern
essen Abendbrot.
„Aus einem Fahrradgeschäft
in der Nenigstraße
wurden fünfzig Fahrräder gestohlen“,
sagt der Sprecher im Radio.
„Die Täter flüchteten in einem
blauen Auto mit braunem Anhänger.“

Philipp hört gebannt zu.
Er ist eine clevere Spürnase
und hat schon einige Fälle gelöst.
„Ausgerechnet Fahrräder“,
denkt Philipp.
Wo er sich doch zum Geburtstag
ein neues Mountainbike wünscht.

Philipp schnuppert.
Es riecht merkwürdig verbrannt.
Dabei steht doch nichts auf dem Herd!
Philipp folgt dem Geruch.
Er landet vor dem Küchenfenster.

Nebenan auf dem Fabrikgelände
entdeckt er einen hellen Feuerschein.
Dabei ist die Fabrik längst stillgelegt!

„Ob die Fabrik etwa brennt?!“,
schießt es Philipp durch den Kopf.
Philipp saust die Treppe hinab
und schleicht zum Bretterzaun,
der das Fabrikgelände umgibt.
Durch eine Lücke sieht er
drei Männer um ein Feuer hocken.

Und dann entdeckt er im Halbdunkel
einen Anhänger mit Fahrrädern.
Philipp hält die Luft an.
Das sind die Fahrraddiebe!
Eindeutig!
Philipp rennt ins Haus zurück
und ruft sofort die Polizei an.

In wenigen Minuten
kommen zwei Polizeiautos angerast.
Ohne Blaulicht und Martinshorn.
Das Gelände wird umstellt.
Die Ganoven ahnen nichts.
Philipp beobachtet alles
vom Küchenfenster aus.

Dann klicken die Handschellen,
und die Diebe werden abgeführt.
Wieder hat Philipp einen Fall gelöst.

Und das Fahrradgeschäft
bekommt alle seine Fahrräder zurück.
Der Besitzer schenkt Philipp
als Belohnung ein tolles
Mountainbike.
Philipp strahlt über beide Ohren.
Dann radelt er los.
Auf zu seinem nächsten Fall.

Illustriert von Heribert Schulmeyer

Ulli Schubert

Verlierer und Gewinner

Frank und Patrick
machen ein Wettschwimmen.
Wie ein Turbo-U-Boot
pflügt Patrick
durch das Wasser.
Doch Frank ist noch schneller
und schlägt als Erster
am Beckenrand an.

„Gewonnen!“,
jubelt er.
Patrick protestiert nicht.
„Du hast die Wette verloren!“,
ruft Frank begeistert
und macht ein paar Luftküsse.
Patrick nickt.
Wer verliert,
muss ein Mädchen küssen!

So hatten sie es vorher abgemacht.
Einen Augenblick lang
ziert er sich noch.
Doch dann macht er sich
auf den Weg zu den Mädchen,
die ein paar Meter entfernt
auf einer Decke liegen.
Anna, Carina, Elli, Sabrina.

Und – vor allem – Maja!
Patrick beugt sich
zu ihr herunter
und fragt flüsternd:
„Darf ich dich küssen?“
Maja starrt ihn an.
„Spinnst du?“
Patrick schüttelt den Kopf.

„Ich muss dich aber küssen“,
sagt er raunend.
„Frank und ich haben gewettet,
und ich hab verloren.“
„Deshalb willst du mich küssen?
Als Strafe?!“,
fragt Maja entsetzt
und zeigt ihm einen Vogel.

„Nein, nicht als Strafe“,
sagt Patrick leise
und erklärt:
„Ich hab doch extra verloren,
mit Absicht!“

Maja sieht ihn erstaunt an.
„Ehrlich?“
Patrick strahlt sie an.
Und dann haucht er ihr
mit klopfendem Herzen
einen Kuss auf die Wange.

Illustriert von Iris Hardt

Christina Koenig

Der Wald brennt!

Der Vater von Lorenz und Lara
ist bei der Feuerwacht.
Im Sommer hat er immer viel zu tun.
Denn wenn es trocken ist,
kann leicht ein Waldbrand entstehen.
Den ganzen Tag sitzt der Vater dann
auf dem Feuerwachturm im Wald.

Heute dürfen Lorenz und Lara
ihren Vater begleiten.
Die beiden sind
schon mächtig aufgeregt.
Jeder bekommt ein Fernglas
und beobachtet
einen anderen Teil des Waldes.

„Ich seh was!“,
ruft Lorenz nach zwei langen Stunden.
„Dahinten brennt's!“
Der Vater telefoniert sofort
mit der Feuerwehr.
Nach einer viertel Stunde
rast sie herbei.
Leider können die Kinder
die Löschwagen nur hören,
weil der Wald so dicht ist.

Kurz darauf besucht
Oberbrandmeister Gork
die Feuerwächter auf dem Turm.

„Urlauber haben das Feuer
verursacht",
berichtet er mit ernster Miene.
„Sie haben mitten im Wald
ein Lagerfeuer angezündet."

Der Vater schüttelt den Kopf.
„Und das bei Brandwarnstufe drei."
„Ein Glück, dass Lorenz
so gut aufgepasst hat",
sagt Lara.
Sie ist total stolz auf ihren Bruder.
Der grinst verlegen
und wird feuerrot im Gesicht.

Illustriert von Heribert Schulmeyer

Eckhard Mieder

Seeräuber sind nicht alle gleich

Nicht jeder Seeräuber kann
schießen oder fechten.
Manche Piraten fürchten sich
vor Gewitter,
vor der Nacht
oder auch vor dem Wasser.

Es gibt sogar einen,
der zittert schon,
wenn jemand zu ihm sagt:
„Du Pirat, du böser!“

Für diese anderen Piraten
steht am Strand ein Haus,
in dem sie machen können,
was sie wollen.

Sie liegen im Strandkorb.
Sie schlürfen bunte Getränke.
Sie lesen bunte Bücher.

Oder sie werfen Pfeile.
Die Zielscheibe hängt
am Ast einer Palme
und ist schwer zu treffen.
Weil der Wind weht.

„So ein faules Leben
wäre nichts für mich!“,
sagen die meisten Seeräuber,
die lieber aufs Meer fahren.

Denn auf dem Meer
gibt es Stürme
und riesige Wellen,
die ein ganzes Schiff
verschlingen können.

„Wir brauchen
Wind um die Nase
und abends
eine Flasche Klabauterbrause!“

Die Meerespiraten
finden die Strandpiraten
ein bisschen langweilig.
Die Strandpiraten
finden die Meerespiraten
ziemlich mutig.

Und wenn die einen
von ihren Abenteuern erzählen,
spendieren die anderen
gern ein Glas Korallensaft.
Niemand ist wirklich
auf den anderen
neidisch oder böse.
Ist echt piratig.

Illustriert von Leopé

Ulli Schubert

Wahre Hundeliebe

Conny liebt Hunde über alles!
Leider hat sie keinen eigenen.
Deshalb führt sie Ben aus,
den Schäferhund der Nachbarin.
Sie geht mit ihm in den Park.

Conny fühlt sich stark
mit dem Hund an ihrer Seite
und genießt
die bewundernden Blicke
der anderen Kinder.

Die meisten haben nämlich
ein bisschen Angst vor Ben.
Kein Wunder,
denn der Hund ist riesengroß.
Mit aller Kraft
zieht er an der Leine.
Doch erst auf der Hundewiese
macht Conny ihn los.
Ben läuft davon.

Conny ruft ihn,
und Ben kommt sofort zurück.
Sie spielen Stöckchen holen
und toben ausgelassen
mit einem Ball herum.
Doch mitten im Spielen
verharrt Ben plötzlich
und knurrt drohend.

Da entdeckt Conny
den anderen Schäferhund.
„Ganz ruhig, Ben“,
sagt sie und versucht,
ihn am Halsband festzuhalten.
Doch der Hund ist schneller
und reißt sich los.

„Nein! Ben, komm zurück!“,
schreit Conny entsetzt.
In Gedanken sieht sie schon,
wie die beiden Hunde
miteinander kämpfen!

Sie läuft hinterher,
ohne den Hauch einer Chance.
Völlig außer Atem, bleibt Conny stehen
und beobachtet ängstlich,
was nun passieren wird.
Doch was ist das?

Die beiden Hunde rennen
laut bellend aufeinander zu –
und fangen an zu schmusen!
„Ben, du verrückter Hund!“,
ruft Conny erleichtert
und läuft lachend zu ihm hin.

Illustriert von Iris Hardt

Eckhard Mieder

Warum Piraten Nudeln lieben

Jeder Pirat liebt Nudeln.
Denn Nudeln schmecken
piratig lecker.
Nudeln kann der Koch
auch bei Sturm kochen.

Aber es gibt
noch bessere Gründe:
Mit Fadennudeln stopfen
die Mütter
die Hosen
der wildesten Piraten.

Die Piraten-Mädchen tragen
bunte Nudeln um den Hals
oder als Ohrring.

Die Piraten-Knaben werfen
mit spitzen Makkaroni
nach Zielscheiben.
„Zack! Volltreffer!"
„Ojeeee! Daneben!"

Dann gibt es Nudeln
wie Fernrohre zum Himmel-Erkunden.
Und Nudeln wie Bohrer.
Die können sehr nützlich sein,
um ein Loch
für einen Haken zu bohren.

An diesen Haken
können die wildesten Piraten-Bilder
aufgehängt werden.
Manche Piraten bohren
mit solchen Nudeln
auch in ihren Nasen.
Pfui!

Außerdem gibt es breite Nudeln,
mit denen man rudern kann.

Es gibt runde Nudeln,
mit denen man
Nudel-Ball spielen kann.
Die Piraten
könnten ohne Nudeln
einfach nicht leben.
Aber am liebsten sind ihnen
die Nudeln im Topf.

Wenn der Koch am Abend ruft:
„Kommt futtern, Nudel-Piraten!“,
dann sind alle Piraten selig.
„Mmmh!“, klingt’s im Chor.
„Spagetti mit Tomatensoße!“
Selbst den Piraten-Pudeln
schmecken diese Nudeln!

Illustriert von Leopé

Eckhard Mieder

Winter auf der Pirateninsel

Auf der Insel der Piraten
ist es im Winter sehr still.
Überall liegt Schnee.
Der Schnee bedeckt
die ganze Insel.
Er liegt haushoch
und noch höher.

Und im Eis
liegen die Schiffe
wie Fischstäbchen
in der Kühltruhe.
Finster ist das.
Und dunkel!
Die Piraten bauen
Straßen und Tunnel
unter dem Schnee.

„Eis ahoi!“,
sagt ein Pirat,
wenn er einen anderen trifft.
„Schnee ahoi!“,
grüßt der andere Pirat zurück.
Dann graben sie weiter.
Sie feiern nicht.
Sie fahren nicht aufs Meer hinaus.

Die Piraten sind im Winter
wie Maulwürfe.
Manchen Piraten
wachsen sogar
Schaufeln an den Händen!
Plötzlich lärmt
der Frühling los.
Artur, der Piratentrommler,
kommt als Erster
zum Vorschein.

Er setzt sich
auf das Dach
seines Hauses
und trommelt
und singt:
„Werft weg die Schaufeln,
werft weg die Spaten.

Kommt aus dem Tunnel,
und seid wieder Piraten!“
Mit wilden Schreien
springen die Piraten
aus dem Schnee.
Wie die Delfine
aus dem Wasser.

Und dann tanzen
und singen sie:
„Nur der ist ein Pirat,
der ein Schiff hat,
mit einem Segel dran,
damit er segeln kann …“

Illustriert von Leopé

Denke dir einen gruseligen Piraten-namen aus!
Fluche laut wie ein Pirat!

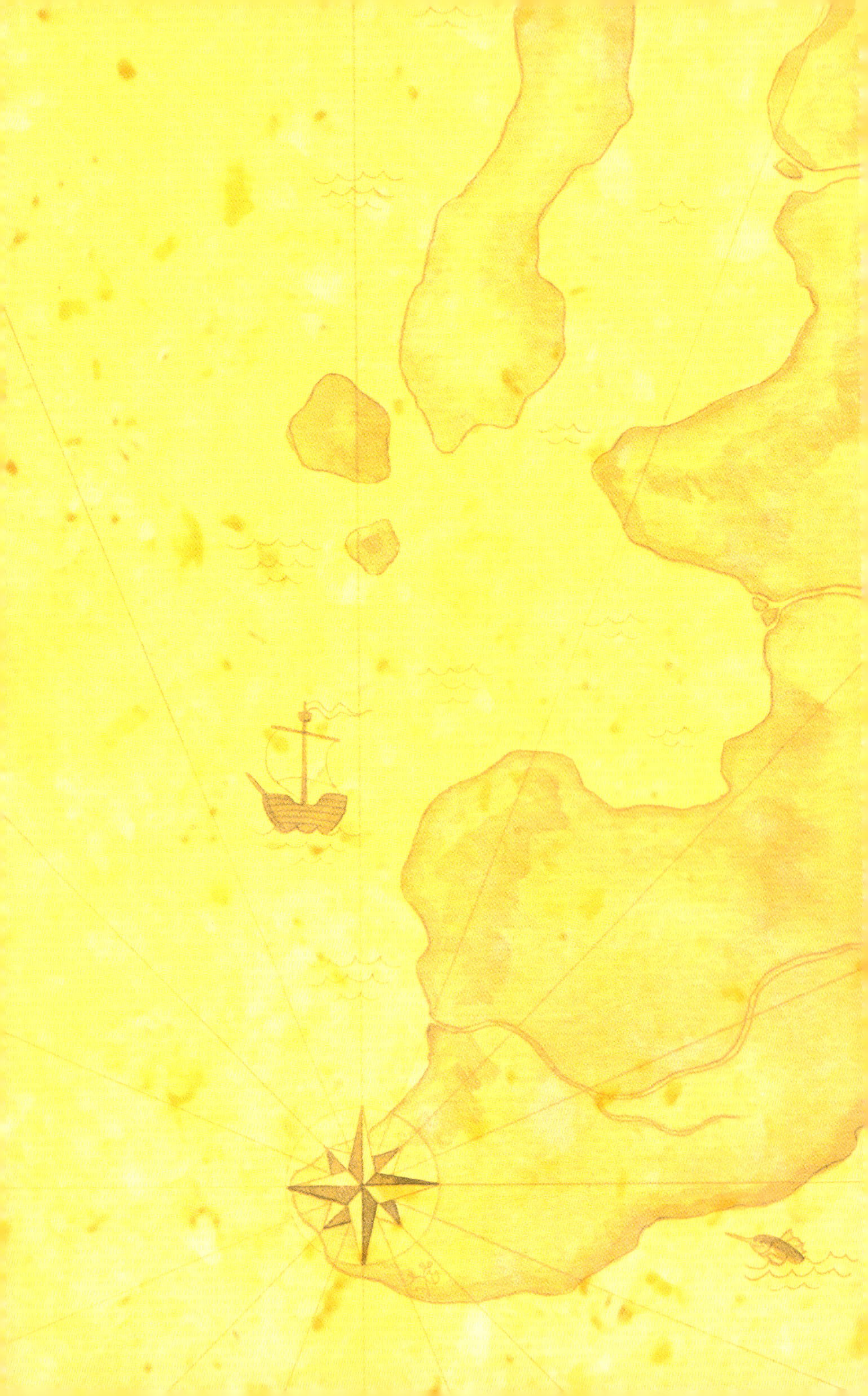

Krächze wie ein Piraten-papagei!
Singe ein Piratenlied!
Hüpfe wie ein Pirat mi Holzbei im Kreis herum!
START

So wirst du auch zum Piraten!

Suche dir einen bis drei Mitstreiter und spiel mit ihnen um die geheimnisvolle Schatzinsel.

Alles, was ihr dafür braucht, ist der Spielplan, den ihr auf der nächsten Seite zum Heraustrennen findet, einen Würfel, ein paar Spielfiguren eurer Wahl – zum Beispiel aus einem „Mensch-ärgere-dich-nicht-Spiel" – und die Figur am Leseband, die ihr oben einfach abschneidet und außerdem noch etwas kleiner ausschneidet. Diese Figur legt ihr auf das passende weiße Feld auf dem Spielplan. Wenn ihr gleich mehrere Leseband-Figuren von anderen Lesepiraten-Bänden habt, umso besser.

Dann kann es losgehen. Wer sich als Erster den Würfel schnappt, darf anfangen. Gewürfelt wird im Uhrzeigersinn. Jeder darf so viele Felder nach vorne gehen, wie der Würfel anzeigt. Aber Vorsicht! Auf dem Weg zur Schatzinsel lauern einige Gefahren! Kommt ihr auf ein Spielfeld, das mit einem der fünf großen weißen Felder verbunden ist, müsst ihr eine Piratenprüfung bestehen, die auf dem weißen Feld geschrieben steht. Besteht ihr die Prüfung nicht, müsst ihr einmal aussetzen. Liegt auf dem weißen Feld aber die passende Leseband-Figur, bleibt ihr von der Prüfung verschont und dürft in der nächsten Runde einfach weitergehen, bis ihr irgendwann am Ziel seid. Wer von euch wird die Schatzinsel als Erster erobern?